Vente du Lundi 30 Mars 1885

HOTEL DROUOT, SALLE N° 5

MOBILIER ARTISTIQUE

De Salons, Salle à manger, Chambres à coucher

BRONZES D'AMEUBLEMENT

PIANO A QUEUE DE PLEYEL

MUSIQUE DE GENÈVE

Meubles anciens — Porcelaines — Vitraux
Tapis et Tentures

EXPOSITION PUBLIQUE

LE DIMANCHE 29 MARS 1885

Me Maurice DELESTRE
COMMISS^{re}-PRISEUR
rue Drouot, n° 27

M. B. LASQUIN
EXPERT
rue Laffitte, n° 12

PARIS — 1885

Ve RENOU ET MAULDE

IMPRIMEURS DE LA COMPAGNIE DES COMMISSAIRES-PRISEURS

Rue de Rivoli, 144.

CONDITIONS DE LA VENTE

—

La vente sera faite au comptant.

Les Acquéreurs paieront CINQ POUR CENT en sus des enchères, applicables aux frais de vente.

DÉSIGNATION

1 — Meuble de salon en bois noir, forme Louis XVI,
orné de bronzes dorés et garni de soie cramoisie.

Il est composé de :

Un Canapé,
Quatre Fauteuils,
Quatre Chaises,
Et de deux Fauteuils-Poufs,
Trois paires de Rideaux en soie cramoisie
accompagnant le meuble qui précède, avec
galeries et patère en bronze doré.

2 — Table de salon garnie de peluche cramoisie.

3 — Lustre en bronze doré, garni de cristaux, à 24 lumières.

4 — Un Piano à queue en palissandre, de chez Pleyel
(n° 60,466).

5 — Table de salon en bois noir entièrement incrustée
d'ornements d'ivoire gravé, dans le genre de la
Renaissance. Le milieu est orné d'un tableau
rectangulaire également en ivoire gravé, repré-
sentant deux guerriers combattant en présence
de leurs armées.

6 — Table-Toilette garnie de peluche mauve, à huit
  pieds reliés par des corbeilles.

7 — Musique de Genève dont la boîte est en érable incrusté de filets de bois rare.

8 — Deux Meubles d'entre-deux vitrés en bois d'acajou, à colonnettes cannelées, ornés d'une frise
  en bronze doré, de style Louis XVI, dessus de
  marbre, l'intérieur est garni de peluche.

9 — Table de milieu, genre Henri II, en bois noir incrusté de filets d'étain et de cuivre, avec sujet
  mythologique au centre, pieds avec traverse.

10 — Étagère d'applique, formant vitrine, en bois d'acajou, à filets de cuivre, genre Louis XVI.

11 — Table chinoise en bois de fer sculpté, à dessus de
  marbre.

12 — Console en bois sculpté et doré, de style Louis XIV,
  dessus de marbre.

13 — Petit Meuble demi-lune à trois tiroirs et deux
  portes en acajou à moulures de bronze doré,
  dessus de marbre brocatelle avec galerie, style
  Louis XVI.

14 — Table ronde, de même style, à dessus de brocatelle, avec galerie.

15 — Console à deux tablettes en bois d'acajou, de
  même style.

16 — Petit Guéridon à trois pieds, de même style.

17 — Colonne-Support garnie de peluche rouge.

18 — Glace-Médaillon ovale, à bordure en bois ajouré et doré.

19 — Glace rectangulaire à encadrement, à fronton en bois découpé et doré à enroulements.

20 — Glace avec encadrement de chêne sculpté.

21 — Un Paravent garni de peluche.

22 — Deux Paniers à bois en vannerie dorée, garnis de broderies.

23 — Enveloppe de cheminée en tapisserie.

24 — Bel Ameublement de chambre à coucher, genre Louis XVI, en bois d'acajou garni de moulures de cuivre et de colonnettes cannelées.

Il est composé de :

Un Lit.

Une Armoire à glace à trois vantaux, avec fronton.

Deux Tables de nuit.

Commode à dessus de marbre et galerie de cuivre.

25 — Ameublement de chambre à coucher en noyer, à
moulures, genre Louis XIII.

Un Lit.
Armoire à glace à trois portes.
Une Table de nuit.

26 — Chambre à coucher en pitchpin, composée d'une
Couchette, une Commode, une Armoire à linge,
un Chiffonnier, une Table de nuit.

27 — Table de toilette en noyer, avec tablettes de marbre
blanc.

28 — Bel Ameublement de salle à manger en noyer
sculpté, de style Henri II, composé d'un Buffet
à deux corps, une Table, un Dressoir, une Ser-
vante et douze Chaises garnies de maroquin.

29 — Meuble vitré en bois de noyer sculpté, à cariatides.

30 — Service en ancienne faïence de Nove, décoré à
fleurs, composé d'environ cinquante Pièces :
Soupières, Plats, Assiettes.

31 — Coffre à bois en noyer sculpté du temps de
Louis XIII, orné de cariatides et de moulures
sculptées.

32 — Petit Coffret Louis XIII rectangulaire en bois
garni de velours rouge, orné de ferrures dé-
coupées.

33 — Garniture de cheminée en bronze doré, genre
Louis XIV, composée d'une Pendule et de deux
Candélabres à sept lumières.

34 — Lustre à dix-huit lumières, en bronze doré, à tige
ornée de trois cariatides d'enfants sur des con-
soles.

35 — Cage en bronze doré, avec oiseau mécanique chan-
tant.

36 — Écran en bronze.

37 — Garniture de foyer : Chenets, une Galerie, Pelle
et Pincettes en bronze, genre Louis XVI.

38 — Pendule en bronze doré, genre Louis XIV, à ornements, lambrequins, mascarons, et surmontée
d'une figure d'enfant.

39 — Groupe en bronze : Oiseau aquatique.

40 — Coupe en ancienne porcelaine du Japon, à décor
bleu, rouge et or, montée en bronze.

41 — Deux Figures en porcelaine, genre Saxe (Berger
et Bergère), sur socles.

42 — Deux autres Figures, de même porcelaine.

43 — Groupe de sept Figures : Couronnement de la
Sagesse.

44 — Petite Pendule à figures et fleurs et deux Giran-
doles à trois lumières, en relief, de même porcelaine.

45 — Miroir ovale avec cadre en porcelaine, à figures
d'enfants.

46 — Groupe de trois figures : le Maître d'école.

47 — Petit Groupe de quatre figures : Confidence à
l'Amour.

48 — Grand Plateau rond en porcelaine bleu-turquoise
à médaillons (Portraits : Famille de Louis XVI).

49 — Miroir ovale à encadrement de porcelaine à fleurs
et figures en relief, et médaillon trophée de
musique.

50 — Deux autres Miroirs à encadrement d'ornements
rocaille, avec porte-lumières.

51 — Deux Vases ovoïdes, à côtes, en porcelaine décorée
de fleurs, pieds en bronze.

52 — Deux Vases en poterie du Japon, à fleurs en
relief.

53 — Deux Vases en porcelaine craquelée, à anses for-
mées d'oiseaux.

54 — Grand Vase en faïence artistique à fleurs en relief.

55 — Deux Jardinières rondes, de même faïence.

56 — Vasque en faïence verte, à décor doré.

57 — Deux grands Groupes de six figures (Sujets pastoraux) en porcelaine décorée, genre Saxe.

58 — Lustre en porcelaine, genre Saxe, composé d'ornements et de figures d'enfants.

59 — Huit Pièces en grès : Canettes et Cruchons, genre flamand.

60 — Petit Cabinet de style Louis XIII en marqueterie de cuivre, d'étain et d'écaille, contenant huit tiroirs à l'intérieur.

61 — Petite Étagère, de même travail.

62 — Cabinet italien du xviie siècle, en bois noir incrusté d'ivoire et encadrements de tiroirs, moulures guillochées, avec son support.

63 — Lot de Vitraux des xvie et xviie siècles, à sujets de figures en grisaille, ornements et armoiries en couleurs.

64 — Garnitures de six fenêtres en vitraux peints, à sujets et ornements.

65 — Chaise longue, garnie de soie et tapisserie.

66 — Deux Poufs garnis de satin noir capitonné et dessus en tapisserie.

67 — Tabouret de piano en palissandre.

68 — Deux Fauteuils et deux Chaises, garnis de satin noir capitonné et de broderies.

69 — Sept Coussins garnis d'étoffes variées, soie et broderies.

70 — Six Coussins en peluche.

71 — Deux Chaises recouvertes de peluche.

72 — Un Canapé, deux Fauteuils et deux Chaises, garnis d'étoffe brodée.

MEUBLES A TOUS USAGES

Tentures, Rideaux en étoffes diverses, très beaux Tapis en moquette.

Vᵛᵉ Renou et Maulde, imprimeurs de la Compagnie des Commissaires-Priseurs, rue de Rivoli, 144, 300—56325